U0869612

金子美铃

儿童诗精选

彩绘·有声·导读版

我和小鸟和铃铛

[日]金子美铃/著　陈发根/译　林　田/绘

人民东方出版传媒
People's Oriental Publishing & Media
東方出版社
The Oriental Press

目录

太阳光

太阳的光线使者们
一起来到天空
南风见面就问
你们去干什么啊

一道光线大声说
我要把大地照亮
好让大家干活儿

一道光线高兴地说
我要让花儿盛开
让世界更加快乐

一道光线温柔地说
我要架起一座彩虹桥
让心与心相连

剩下一道光线低声说
我会带去影子
也跟大家一起去

悄悄对你说:

七彩的阳光，给世界带来希望。当然，在明媚的阳光下，也会有影子。

踏 步

蕨（jué）菜云一出现
春色铺满天空

我独自望天
我独自踏步

我独自踏步
我独自笑盈盈

我独自笑盈盈
有人也跟着笑

春天来到小路上
橘树篱笆发了芽

悄悄对你说：

只要注意观察，你就能知道春天什么时候来到你的身边。

泥土

嗨哟，嗨哟
翻起的泥土哟
变成了良田
长出了绿绿的麦苗

从早到晚
被践踏的泥土哟
变成了平坦的路
车辆在上面穿梭

没有翻起的泥土
没有践踏的泥土
是没用的泥土吗

不是，不是
那里变成了
无名小草的宿营地

悄悄对你说：

有些看似没用的东西，其实有着大用处。

泥泞里

这条胡同的
泥泞里
有一汪蓝天

这天看起来
很远很远
又清澈
又美丽

这条胡同的
泥泞里
有一汪深邃（suì）的天

悄悄对你说：

能在浑浊的泥水里，看到清澈的天空，你一定拥有一双慧眼。

土地和草

土地妈妈养育了
千千万万棵小草
这些小草
连妈妈都叫不出名字

当绿绿的小草
茂盛起来
就看不见土地妈妈了

悄悄对你说:

每一棵小草的背后，都有土地妈妈默默的付出。小草是这样，每一个孩子也是这样。

草的名字

别人知道的草的名字
我一点儿也不知道

别人不知道的草的名字
我全都知道

那是我起的名字哟
给喜欢的草起喜欢的名字

别人知道的草的名字
当然是有人给起的哟

真正给草起名字的
是天上的太阳呢

我起的名字
也只有我在叫

悄悄对你说:

给喜欢的东西起一个喜欢的名字，这样才记得住哦！比如给自己的小狗、小猫、小兔、小鸡起的名字，叫起来多么顺口。

饭碗和筷子

过新年了
花儿仍盛开
开满我红红的饭碗

到四月了
花儿还没开
我那绿绿的筷子上
不见一朵花

悄悄对你说:

碗筷上有装饰的花朵，是一件赏心悦目的事情，少了花朵，好像少了点春意吧！

04

日历和时钟

有了日历
忘了日期
偶尔一看日历
啊，四月份了

没有日历
却记住了日期
聪明的花儿
一到四月就开放

有了时钟
忘了时间
偶尔一看时钟
呀！四点钟了

没有时钟
却记住了时间
聪明的小鸟
四点一到就叫开了

悄悄对你说：

日期和时间，看不见，摸不着，大家都能记住它们。我们要珍惜哟，可不能让它们悄悄地溜走。

春天的早晨

麻雀呀不要吵
今天天气真好
困啊困啊
困啊困啊
我还想睡一觉

上眼皮张开了吗
下眼皮没张开呢
困啊困啊
困啊困啊
我还想睡一觉

悄悄对你说:

遇到好天气，睡个懒觉，多美啊！

藏好了吗

——藏好了吗
——还没有呢
枇杷树下
牡丹丛中
捉迷藏的孩子们

——藏好了吗
——还没有呢
枇杷树枝上
青青的果实里
小鸟和枇杷

——藏好了吗
——还没有呢
在蓝天外
在黑土里
夏天和春天

悄悄对你说:

躲猫猫，小孩和小孩躲猫猫，大自然也在和我们躲猫猫。大家都藏好了吗?

美丽的小镇

突然想起
那小镇的河岸边
红红的屋顶

还有绿绿的大河
水上点点白帆
静静地静静地移动

还有河岸的草地上
画画的年轻叔叔
呆呆地注视着河水

那我在干什么呢
记不清了
呀，我想起来了
那是不知从谁那里借来的
一本书上的插画

悄悄对你说：

优美的景色让人难以忘记，愿我们的家乡都成为一幅美丽的图画。

迎娶鱼新娘

鱼姑娘要出嫁了
对面岛上正在迎娶

接连不断的队列
一直通到岛上
银光闪闪
闪闪银光
像一串串银色的项链

岛上的月亮
提着灯笼
来迎娶新娘

浩浩荡荡的队列
从海面上齐齐通过

悄悄对你说:

月光下的海面，正在上演一出精彩的童话剧，你可别错过演出哦。

金鱼

月亮每一次呼吸
会吐出柔柔的
令人思念的银光

花儿每一次呼吸
会吐出淡淡的
纯纯的甜甜的芬香

金鱼每一次呼吸
会吐出一串漂亮的珍珠
就像童话中
可怜的美人鱼一样

悄悄对你说:

美丽的月亮，美丽的花儿，美丽的金鱼，把你引入美丽的童话世界。

卖鱼的阿姨

卖鱼的阿姨
转向那边
我要给你插花哟
一朵绽开的山樱花

哎呀
阿姨的头发上
没有发簪（zān）
没有星星似的头针
什么都没有
冷冷清清

哇，阿姨
插在你头上的花儿
比舞台上
宫女的玉簪还漂亮呢
一朵绽开的山樱花

卖鱼的阿姨
转向这边
我给你插上了花儿
一朵绽开的山樱花

悄悄对你说：

给别人头上插一朵花，自己也变成了一朵花，很美很美。

橙花

每当我哭泣的时候
橙花就会吐出香味

每当我赌气的时候
没有人来找我

从墙缝中
接连爬出的蚂蚁
也让我看厌了

围墙里
库房中
一阵阵欢声笑语传来

一想起来我又哭了
每当这个时候
橙花就会吐出香味

悄悄对你说:

当你哭哭啼啼的时候，谁会来安慰你呢？
在你周围，总会有人关心你。

葫芦花

天上的星星
问葫芦花
你寂寞吗

奶白色的葫芦花说
不寂寞呀

天上的星星
不再说话
自顾自闪着光芒

感到寂寞的葫芦花
一点一点
低下了头

悄悄对你说:

有人和你说说话，你不会感到寂寞；当没人和你说话时，你就会感到寂寞了。

长袖浴衣

长袖浴衣
真高兴啊
觉得要到外面去

葫芦花
朝明亮的后门探出
悄悄地跳着舞步

咚咚，敲门声
谁来了
想看一看

一阵清香钻了进来
长袖浴衣
真高兴啊

悄悄对你说:

外面的世界很吸引人，谁不想出去看看呢？一直待在家里的长袖浴衣，也想出门啊！

牵牛花的藤蔓（wàn）

爬上墙头的牵牛花
寻找着
往哪儿攀呀

东面西面都看了
有点厌烦了
低头思量着

就在这一瞬间
太阳光呀
又延长了一寸

牵牛花呀抬起头
笔直地向前
库房上的阳光
已经近了

悄悄对你说：

牵牛花爬上了墙头，
寻找的方向就是阳光。

桂 花

桂花的香味
溢满了庭院
风站在大门口
思量着
是进去呢
还是不进去

悄悄对你说：

来到香气四溢的庭院门口，如果你是一阵风，会不会溜进去看看呢？

橡子

到橡子山上
拾橡子
放进帽子里
放在围裙里

要下山了呀
捧着帽子太碍事
滚下山去可不得了
扔掉橡子
戴上帽子

走出了大山
鲜花遍田野
采了好多花
围裙又碍事
最后把橡子
全扔掉啦

悄悄对你说：

上山拾橡子，多快活啊；摘花朵，多兴奋啊！把拾来的东西全丢了，只把快乐带回家。

问树

花儿谢了
果子熟了

果子掉地上
叶片都飘落

之后又发芽
又开出了花

要轮换多少次
这棵树才能休息呢

悄悄对你说：

大自然是神奇的，自然万物都在按照自身的规律运行着，变化着。

积 雪

上层的雪
好冷啊
凉凉的月光照着它

下层的雪
压得好重啊
几百人在上面踩踏

中间的雪
好寂寞啊
看不见天也看不见地

悄悄对你说:

没有什么事物是十全十美的，积雪是这样，草木是这样，人也是这样。

全都喜欢

我变得什么都喜欢
这也喜欢
那也喜欢
全都喜欢

家里的饭呀菜呀
都是妈妈做的
所以，洋葱呀，西红柿呀，鱼呀
我一样不落地全都喜欢

我变得什么都喜欢
这个人呀
那个人呀
每个人都喜欢

不管是医生还是乌鸦
我全都喜欢

因为世界上所有的东西
都是那么的奇妙

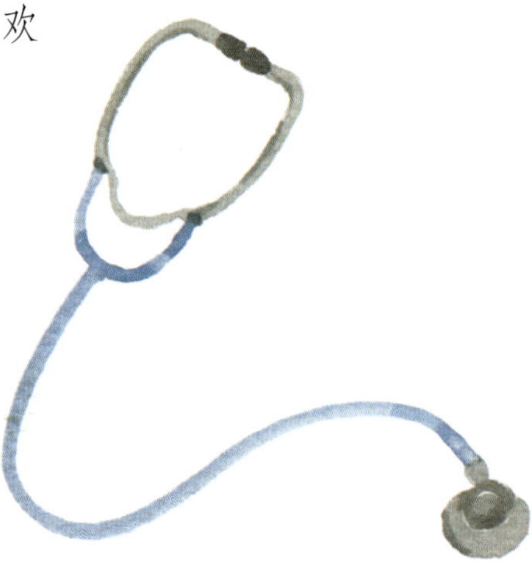

悄悄对你说:

珍爱世界，世界也会珍爱你。

鱼 儿

海里的鱼儿
真可怜啊

米是农民种出来的
牛是在牧场里喂大的
鲤鱼也在池塘里吃着麸（fū）皮

可海里的鱼儿呢
什么都不用照料
一点儿也不调皮
却被我们抓来吃掉

海里的鱼儿
真可怜啊

悄悄对你说：

海里的鱼儿是无辜的，是生物中的弱者，
同情弱者是一种美德。

露珠

对谁都不要说
好吗
清晨
院子角落里
花儿扑簌（sù）簌掉眼泪的事

要是这事说出去
传到蜜蜂的耳朵里
它会以为做错了什么
把蜂蜜送回去的

悄悄对你说：

看到别人偷偷掉眼泪，请记住，一定要保密哦！

蜜蜂和心灵

蜜蜂呢在花朵里
花儿呢在院子里
院子呢在围墙里
围墙呢在城镇里
城镇呢在国家里
国家呢在世界里
世界呢在你心里
然后呢，然后呢
心呢在小小的蜜蜂里

悄悄对你说:

大千世界，自然万物看似简单，一轮循环下来，你会发现简单中隐藏着深奥。

笑颜

笑是漂亮的玫瑰色
比凤仙花籽还小的一粒
落到地上时
啪地迸出火花
开出一大朵花来

要是泪水掉下时
也能绽开这样的笑颜
那该多美呀

悄悄对你说:

就像雨过天晴一样，泪花洒尽，笑颜绽开。

石块

昨天
小孩跌了一跤
今天
你把马儿绊倒
明天
该轮到谁呀

乡间路上的石块
在红红的夕阳下
懒洋洋地躺着
一动也不动

悄悄对你说:

一块无生命的顽石，一旦注入了生命，
它就成为你身边的懒汉。

沙场国王

我现在是
沙场国王

那些山呀谷呀田野呀河流呀
按照我的想法来建造

童话中的国王
也不能像我这样自由地建造

我现在
真是个伟大的国王

悄悄对你说:

在沙场上玩沙雕是一件多么快乐的事啊！凭自己的想象，任意摆布高山、大川。是的，你就是一个随心所欲的国王。

想不通

我老是想不通
从乌云上落下的雨
怎么闪着银光

我老是想不通
吃了绿绿桑叶的蚕
却长得这么白

我老是想不通
没人照料的葫芦藤
啪地开出了花

我老是想不通
问谁谁都笑着说
那是当然的啰

悄悄对你说:

如果你也想不通这些事，那就去找些科普书看，在书中查找答案。

我的头发

我的头发闪闪亮
那是妈妈经常摸呀摸亮的

我的鼻子平塌塌
那是我撸（lū）呀撸塌的

我的围裙雪白雪白
那是妈妈一直在洗洗刷刷

我的皮肤这么黑
那是我盐炒豆吃多了

悄悄对你说:

身边一些司空见惯的事，一经有趣的解释，也许你嘴上不笑出声，心里一定会乐开花的。

我和小鸟和铃铛

尽管我张开双臂
也不能飞上天空
飞翔的小鸟也不能像我
在地上一路飞奔

尽管我摇晃身体
也发不出悦耳的声音
那会响的铃铛也不能像我
唱出好多好多的歌儿

铃铛、小鸟和我
我们不一样
我们都挺好

悄悄对你说：

小鸟、铃铛都有各自的特长，我们也有自己的特长，谁也代替不了谁，谁都是最棒的！

午 休

不玩造房子啦
不扮小强盗啦

那个小组不让我加入
那个小组有一个“头儿”

我装作什么也不知道
在背阴处玩推火车

那个小组开始散伙了耶
那边也不玩捉强盗了耶

吵吵闹闹中我听到
后山的蝉儿在鸣叫

悄悄对你说:

远离不友善的朋友，玩自己喜欢的游戏，这是个聪明的选择。

和 好

紫云英的田埂（gěng）上
春光荡漾（yàng）
对面站着个女孩
手里捧着一把紫云英

紫云英的田埂上
春光荡漾
嘀哩哩哩
云雀在歌唱

我也采摘了紫云英花
见那女孩笑了
我也不由得笑了

悄悄对你说：

相逢一笑，吵架后的烦恼像随风飘起的落叶，一扫而光。

气 球

拿着气球的孩子
来到我身边
就像是我拿着气球

嘀哩哩
庙会过后的胡同里
响起了笛声

春天的天空中
有红气球
有白月亮

拿气球的孩子走了
我感觉像失去了什么

悄悄对你说:

看别人玩好像自己也在玩,你有过这种感觉吗?看别人回家了,你会觉得心里空落落的吧。

光脚丫

烂泥黑黝（yǒu）黝、滑腻腻
光脚丫却干干净净
是位不知名的姐姐
背着我走过了泥地

悄悄对你说：

不知名的姐姐做了好事，从心里感激她。

邻家的小孩

正剥着蚕豆
我听到了
邻家的小孩挨骂了

要不要偷着看看
这有点儿不好吧
握着一把蚕豆出去瞧
又握着一把蚕豆回来

想知道做了什么错事
邻家的小孩挨了骂

悄悄对你说：

在好奇心的驱使下跑去瞧，但又觉得偷看不太好，
矛盾的心理可以理解。

狗

我家大丽花开的那天
酒吧的一只黑狗死了

在门口玩耍的我们
看到平时凶巴巴的大妈
呜呜地哭了起来

那天在学校里
有说有笑地说起这事

心底突然掠过
一丝丝忧伤

悄悄对你说:

看到平时不喜欢的人哭，你也会不由自主地跟着悲伤的。

一个接一个

月夜里玩踩影子的时候
大人就来叫“快回家睡觉”
（我好想再多玩一会儿啊）
不过，回家睡着了
可以做各种各样的梦

正做着好梦的时候
大人又来催“赶快上学校”
（要是没有学校就好了）
不过，去了学校
和小伙伴在一起
那多高兴

和大伙儿正玩着跳房子
操场上却响起了上课铃声
（要是没有上课铃就好了）
不过，听老师讲故事
又是那么有趣

别的孩子也是这样吗
像我一样
这么想吗

悄悄对你说：

遇到不称心的事时，转变心态，不称心的事往往会变得让你很开心。

不倒翁

白方赢啦
白方赢啦
一齐举手大喊
嗨嗨
看着红方
嗨嗨
红方沉默不语
秋日的阳光下
脏兮兮的红色不倒翁
滚在泥土里

再来一次吗
老师说
嗨嗨
声音轻了很多

悄悄对你说:

玩游戏总喜欢赢，赢的一方自然高兴啰，谁都一样。

梨 核（hé）

梨核要扔掉
连梨核都吃的孩子
是小气鬼

梨核要扔掉
把梨核扔地上的孩子
是调皮鬼

梨核要扔掉
把梨核扔进垃圾桶的孩子
是乖小孩

扔在地上的梨核
被小蚂蚁们拖走了
“好耶好耶，谢谢调皮鬼”

扔在垃圾桶的梨核
被收垃圾的老爷爷
推着车咕噜咕噜
默默地推走了

悄悄对你说：

吃苹果，吃梨，吃到最后总会剩下不好吃的核，
小朋友，你会怎么处理呢？

谁对我说真话

谁对我说真话呢
告诉我，我漂亮吗
邻家阿姨夸奖我
可她的笑有点怪哦

谁对我说真话呢
问花儿
花儿摇摇头
当然啰
花儿们都漂漂亮亮

谁对我说真话呢
问小鸟
小鸟溜走了
一定是不能说穿的
就一声不吭飞上了天

谁对我说真话呢
问妈妈
我是小美女
还是丑小鸭
这可有点奇怪

谁对我说真话呢
告诉我，我漂亮吗

悄悄对你说:

谁都想听真话，可要听到真话太难了，因为大人有时也会说善意的谎言。

是回声吗

我说一声“来玩哦”
它回一声“来玩哦”

我说一声“傻瓜蛋”
它回一声“傻瓜蛋”

我说一声“不玩了”
它回一声“不玩了”

过了一会儿
我有点寂寞

我说一声“对不起”
它回一声“对不起”

这是回声吗
不是的
谁都会这样回答

悄悄对你说：

对人有礼貌，会得到礼貌的回应；对人粗暴，也会得到粗暴的回应，这个道理大家都懂。

心

妈妈是大人
个子很大
妈妈的心
却很小

妈妈说
小小的我
塞满了她的心

我是个孩子
个子很小
小小的我呀
心却很大

高大的妈妈
都装不满我的心
我的心里
还装了各种各样的想法呢

悄悄对你说：

你是不是也有一颗很大很大的心？你的心里都装了些什么呢？

赌气的时候

走到看得见家门的路口
我才想起刚才的事情

我真应该
赌更长的气

因为妈妈说了
你赌气就一直赌到晚上吧

可小伙伴一呼唤
我忘了生气飞身而出

虽然有点难为情
不过不要紧

妈妈肯定喜欢
我高高兴兴的样子

悄悄对你说:

当你跟大人赌气的时候，要多想想开心的事，让心情快点好起来。因为没有人喜欢爱赌气的孩子!

倒刺儿

舔了又舔
吸了又吸
还是痛
无名指上起了个倒刺儿

想起来了
想起来了
记得听姐姐讲过
起倒刺儿的孩子
是因不听大人的话

前天我使性子
又哭又闹
昨天又不帮妈妈干活儿

快向妈妈道个歉吧
倒刺儿会不会消失呢

悄悄对你说:

“起倒刺儿的孩子，是因不听大人的话”这个说法好可爱呀，你愿意做个听话的孩子，还是任性的孩子?

哥哥挨了骂

哥哥因为挨了骂
刚才来到我这里
拿着一根红绳子
打个结儿又解开来

只因他去后屋野地里
抓捕刚会飞的小乌鸦

悄悄对你说：

哥哥去抓小鸟挨了骂，心里也内疚，改了就好嘛！

黄昏

哥哥
吹起了口哨

我呢
咬着袖口

哥哥的
口哨声
随即停止

大门外
夜色
悄悄地来到

悄悄对你说：

听着美妙的口哨声，沉浸在淡淡的幸福中，一天的时光悄悄地溜走了。

糕 点

傻乎乎地
把弟弟的一块糕点
藏了起来
我想
要不要吃掉它呢
我还是吃了
这块糕点

要是妈妈说
有两块糕点的话
怎么办

放下
又拿起
拿起又放下
弟弟还是没回来
我又吃掉了
第二块糕点

苦苦的糕点
悲伤的糕点

悄悄对你说:

偷吃的糕点，很难吃出好滋味；做了亏心事，心里也不好受。

明天

路上遇到
一个妈妈带着孩子
飘来一句“明天”

大街的尽头
出现了红红的晚霞
我知道春天快来了

为什么我也高兴呢
因为我想到了
“明天”

悄悄对你说：

明天是美好的，每一个孩子都向往明天。

金子美铃橙花般纯美的诗歌人生

童年

1903 年 4 月 11 日，金子美铃出生于日本山口县一个小渔村，即大津郡仙崎町 790 号（今山口县长门市仙崎），她原名为“照”。她幼年丧父，跟着祖母、母亲、哥哥坚助，经营金子文英堂书店。弟弟正祐很小的时候，就过继给了上山文英堂书店的店主上山松藏（金子美铃的姨夫）。

金子美铃和哥哥坚助

金子美铃和弟弟正祐

学业

1910 年 4 月 1 日，金子美铃进入濑户崎普通小学读书。1916 年 3 月 20 日，从濑户崎普通小学毕业，4 月 11 日升入郡立大津高等女子学校。1920 年 3 月 24 日，从郡立大津高等女子学校毕业，老师劝她入学奈良女子高等师范，她拒绝了。之后，她一直在书店工作。

金子美铃在女子学校时期

创作

1923年6月初，金子美铃用笔名“美铃”创作童谣，向杂志社投稿，《童话》杂志9月号上发表了《鱼儿》《魔术棒》，《金星》杂志9月号上发表了《蔬菜店的鸽子》等。还有作品入选《西条八十选集》，以后陆续发表了56首诗歌。

1925年，开始制作自选诗集《琅玕（láng gān）集》。（琅玕：像珠子的美玉）

1926年，《童话》杂志4月号上发表了《露珠》。7月发行的《日本童谣集》（童谣诗人会编）上发表了《大捕获》《鱼儿》。

1927年夏天，在下关车站与童谣诗人西条八十会面。

1929年，收集女儿房枝的话语，开始写作《南京玉》。

1930年2月9日，停止写作《南京玉》。

（南京玉：是用玻璃或者瓷器做成的戒指、项链之类的首饰。）

婚姻

1926年2月，金子美铃和在上山文英堂工作的宫本启喜结婚。11月14日，女儿房枝出生。

1930年2月27日，与宫本启喜离婚。

尾声

1930年3月9日，金子美铃在下关市三好照相馆拍了照片。3月10日，在上山文英堂书店内去世，享年26岁。

金子美铃百年诞辰纪念邮票

译者简介

陈发根，中国儿童文学研究会会员，上海民间文艺家协会会员，自1987年以来，开始业余翻译日本的童诗、童谣、童话，先后发表在《儿童文学》《小朋友》《娃娃画报》等杂志上。

热爱写作儿童诗，注重童趣、诙谐，儿童诗作品发表在《小朋友》《小溪流》《小学生学习报》《儿童诗》等报刊上。有些儿童诗被翻译成日文，发表在日本儿童文学杂志《小旗》上。

出版童诗集《金色的香雪》《小生命》。出版翻译童诗集《月亮唱的歌》《如果我是花儿》等。

图书在版编目（CIP）数据

金子美铃儿童诗精选 /（日）金子美铃著 ; 陈发根译.
— 北京 : 东方出版社, 2024.3
ISBN 978-7-5207-3765-4

Ⅰ. ①金… Ⅱ. ①金… ②陈… Ⅲ. ①儿童诗歌－诗集－日本－现代 Ⅳ. ①I313.82

中国国家版本馆 CIP 数据核字（2023）第 214904 号

我和小鸟和铃铛（WO HE XIAONIAO HE LINGDANG）

[日] 金子美铃 / 著　陈发根 / 译　林田 / 绘

策　　划：杨朝霞
责任编辑：杨朝霞
装帧设计：飞鸟书装
出　　版：東方出版社
发　　行：人民东方出版传媒有限公司
地　　址：北京市东城区朝阳门内大街 166 号
邮政编码：100010
印　　刷：北京尚唐印刷包装有限公司
版　　次：2024 年 3 月第 1 版
印　　次：2024 年 3 月北京第 1 次印刷
开　　本：880 毫米 ×1230 毫米　1/32
印　　张：3.375
字　　数：90 千字
书　　号：ISBN 978-7-5207-3765-4
定　　价：114.00 元（全 3 册）
发行电话：（010）85924663　85924644　85924641

版权所有，违者必究
如有印装质量问题，请拨打电话：（010）85924602

金子美铃

儿童诗精选

彩绘·有声·导读版

向着明亮那方

[日] 金子美铃 / 著　陈发根 / 译　林 田 / 绘

人民东方出版传媒
People's Oriental Publishing & Media
東方出版社
The Oriental Press

目录

万物有灵且美

早 春

飞来一只皮球
跟在后面的是孩子

升起一只风筝
牵来海上的汽笛声

春天来了
天蓝蓝的

一颗快要飞出的心
跳动着
像远方的明月
银闪闪的

悄悄对你说:

春天来了，心情像蓝天一样美好，亮晶晶的。

野 草

知道是野草
却叫不出名字
真没意思

虽然长得很矮
却遍地都是
连路上都有
用力拔也拔不出来
多顽强的草啊

紫云英花开了
紫花地丁叶片柔柔的
狗尾草像狗尾巴一样
牛蒡（bàng）爬了一地

如果田野里
这些草疯长起来
我们玩累了
到什么地方去坐
到什么地方去睡呀
青青的
结实的
柔软的
快乐的大床
是野草哦

悄悄对你说:

野草是庄稼的竞争对手，也是孩子们的亲密伙伴。

荒山

荒山的草丛中
传出了
各种各样的声音

到今天为止
已有七天没下雨了
嘴巴干呀
要喝水
山上的黑土说

空中的云彩多美呀
真想举手抱上一朵呢
小小的蕨（jué）菜说

去请太阳公公帮忙
好不好

我也去，我也去
我跟你们一起去
响起一片欢声笑语

春天的荒山上
热闹极了

悄悄对你说：

春天来了，荒山野岭也热闹起来，春天是个快乐的季节。

树

小鸟
站在枝梢上
孩子
在树下荡秋千
小小的嫩叶
躲在芽苞里

那棵树呀那棵树
可高兴啦

悄悄对你说:

树上小鸟喳喳，树下孩子在玩耍，树又发新芽了，置身其中，谁都会喜滋滋的。

悄悄对你说:

叶子小宝宝一出生，就得到细心的照料和关爱，世界到处充满了爱。

叶子小宝宝

“睡吧睡吧”
月亮走过来
悄悄为小宝宝披上月光
轻轻哼着催眠曲

“快快起床”
风儿走过来
摇晃着
让小宝宝睁开眼睛

白天守护小宝宝的鸟儿们
一起唱着歌儿
在树枝间
一会儿飞进去
一会儿又飞出来

叶子小宝宝
吸着乳汁
睡呀睡呀
睡成个小胖子

雨后

背阴的叶片
哭哭啼啼
眼泪滴滴答答

向阳的叶片
笑出了声
脸上的泪痕
已经晒干

谁来借一块手绢
给哭着的叶片
擦擦泪水

悄悄对你说:

雨后的叶子，有的哭得泪汪汪的，有的哭过又笑了。雨后，你一定要去外面看看哦！

太阳公公和雨婆婆

灰扑扑的野草
被雨婆婆
洗净了

湿淋淋的野草
被太阳公公
晒干了

这样
我就能舒舒服服地
躺在草地上
仰望蓝天

悄悄对你说：
当你躺在散发清香的草地上，是否感受到了来自大自然的爱？

桃树的花瓣

矮矮的
绿绿的
春天的小草上
桃树撒下了花瓣

枯萎的
冷清的
竹篱笆上
桃树撒下了花瓣

湿湿的
黑黑的
泥土上
桃树撒下了花瓣

花仙子高兴极了
叫醒了很多很多的花儿

草地上
大地上
飘荡着粉红色的花瓣

悄悄对你说:

花谢了，洒下一阵阵花瓣雨，把大地打扮得分外漂亮。

玫瑰的根

初次开花的玫瑰
开出一朵又红又大的花儿
地下的根喜滋滋的
真高兴啊
真高兴

第二年的玫瑰
开出三朵又红又大的花儿
地下的根喜滋滋的
又开啦
又开了

第三年的玫瑰
开出七朵又红又大的花儿
地下的根在想
初次开花
为什么不开这么多

悄悄对你说:

任何动物、植物都是一点一点长大，一点一点繁茂，不可能一口吃成胖子。

紫云英田

开满星星点点花朵的
紫云英田要犁地了
长着温柔眼睛的黑牛
拉起了犁
犁耙（bà）经过
花呀叶呀
一拨接一拨
压在了黑黑沉沉的土中

在云雀的歌声中
紫云英田里犁起了地

悄悄对你说：

美丽的紫云英，用自己的身体肥沃了土地。

一朵葫芦花

蝉儿不鸣叫的傍晚
孤零零
孤零零
一株葫芦藤

丝丝丝
丝丝丝
卷起了触须

绿绿的花苞
只有一朵哦
呀，里面有个小精灵

悄悄对你说：

黄昏，葫芦花悄悄地探出了头，像不像一个会变魔法的小精灵？

草原的夜

白天
牛儿在那里吃草
夜深了
月光从那里走过

在月光轻轻地抚摸下
草儿噌（cēng）噌往上蹿（cuān）
作为牛儿明天的美餐

白天
孩子在那里摘花
夜深了
月亮姐姐从那里走过

月亮姐姐脚踩过的地方
花儿又开放了
好让孩子明天观赏

悄悄对你说：

草原的夜晚，是月亮散步的夜晚，是万物复苏的夜晚。

忙碌的夜空

今晚的天空好忙呀
云朵们一直跑来跑去的
撞上了迎面跑来的月亮
都没察觉还在跑

小云朵转来转去挡了道
大云朵在后面推着它跑

月亮反方向跑
在云朵里挤呀挤呀
跑呀跑呀

今晚的天空好忙呀
真的，真的
好忙

悄悄对你说:

夜空中，月亮在云层里穿梭，真是一幅忙忙碌碌的景象。

月出

嘘，不要说话
不要说话
看呀
月亮出来啦

山顶上
亮起来了

天空中
大海里
像有一道道光
在融化

悄悄对你说:

月出的景色是朦朦胧胧的，柔和的月光，美好的心情。

大象的鼻子

呼哧（chī），呼哧
山上
一头白白的大象
喘着气

呼哧，呼哧
大象的鼻子
伸向天空

透亮的天空中
飘浮的长牙
又白又细

呼哧，呼哧
鼻子伸呀伸
还是够不着

够不着呀够不着
天色灰暗起来
抓不到的长牙
越来越白

悄悄对你说：

观察天空中变幻无穷的白云，是一件有趣的事。

风

看不见的风
追赶着空中的山羊

山羊被追赶着
在黄昏的地平线上
集成了群

看不见的风
追赶着空中的山羊

山羊在夕阳里
染得红红亮亮
远方响起了牧笛声

悄悄对你说：

天空中的云彩，是一只只洁白的羊，牧羊人在哪里呢？

云

我真想变成
一朵又松又软的
白云

在蓝天飘浮
从这头到那头
白天看风景
夜里跟月亮捉迷藏

玩累了
我就变成一个小雨点
跟着雷公公
一起跳到
荷花盛开的水池里

悄悄对你说：

当你想做一朵白云，像它那样生活时，说不定白云正想成为你呢！

水和影子

天空的影子
在水中铺满

天空的影子边缘
映出树木的倒影
和野玫瑰的倒影
水很清澈
什么影子都能映出

水的影子呢
在茂密的树林里
一闪一闪

明亮的影子哟
清凉的影子哟
晃悠的影子哟
水很谦虚
自己的影子很小很小

悄悄对你说:

水面如一面镜子，映射出周围的倒影，犹如电影银幕，把世界展现给我们。

悄悄对你说:

鲤鱼为什么要跳龙门呢？因为它有一个远大的目标。

空中的鲤鱼

池塘里的鲤鱼
你为啥要跳呢

是想成为一条大鲤鱼
在蓝天中游弋（yì）吗

今天你是条大鲤鱼
也许明天沉入水底
再也不能上天

有了目标
就要跳呀跳呀
一次又一次

池塘里
有一朵鱼鳞云
你知道吗
只要从这朵云上游过
你就是一条
空中的鲤鱼哦

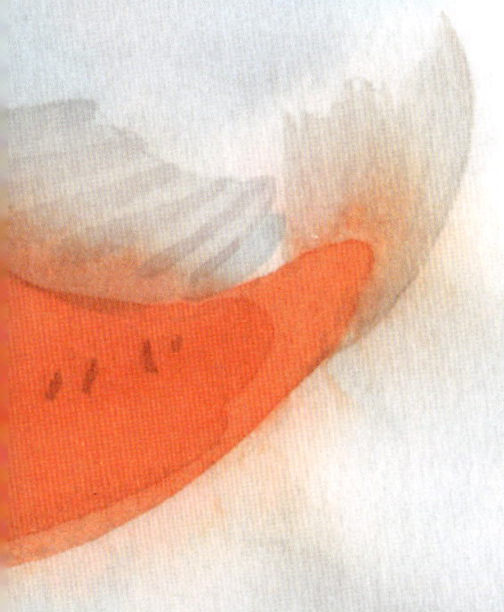

杉树和节节草

一棵杉树在歌唱
我看到了哟
那高山对面的大海里
有三片像蝴蝶一样的白帆

一棵杉树在歌唱
我看到了哟
那高山对面的大街上
青铜大象在喷水呢

这棵杉树的底下
节节草在歌唱
什么时候
我能长得很高很高
看到很远很远的风景

悄悄对你说：

站得高，看得远，哪怕一株小草也希望长得高高的。

茅草花

茅草花，茅草花
雪白雪白的茅草花

在夕阳下的堤坝上
拔一束茅草花
花儿直摇头
讨厌，讨厌

茅草花，茅草花
雪白雪白的茅草花
乘着晚风
飞吧，飞吧
飞到布满晚霞的天空
变成一朵朵白云

悄悄对你说：

傍晚，采茅草花的孩子在夕阳中，放飞一朵朵雪白的茅草花，这画面太美了。

秋天

一盏盏路灯
闪着亮光
整整齐齐地
给街道画上
美丽的条纹图案

条纹的明亮处
休闲的人
有三五个

条纹的黑暗处
秋天悄悄地
躲在里面

悄悄对你说:

光明和黑暗是一对好朋友，形影不离，夏天躺在光明里，秋天躲在阴影间。

燕子

“嗖（sōu）——”的一声
燕子飞了起来
吸引我
看向天空中的夕阳

我看到空中
布满红红的晚霞

这才发觉
燕子已来到小镇

悄悄对你说：

我们往往会忽略大自然的变化，从现在起，做个热爱大自然的孩子吧！

菜店

蔬菜店的鸽子

鸽爸爸，鸽妈妈，鸽娃娃
在蔬菜店的房檐上
咕咕咕，咕咕咕叫着

紫红的茄子
碧绿的卷心菜
红红的草莓
水汪汪的

买点儿什么呢
白鸽一家
拿不定主意了
咕咕咕，咕咕咕商量着

悄悄对你说：

自然万物间都会用自己的语言来交流，如果你有一对灵耳朵，就能听懂它们在说什么。

燕子妈妈

嗖的一下
飞了出去
兜了一圈
马上就回家

嗖的一下
去了一会儿
又回到了家

慌里慌张
穿过小巷
又赶紧回家

出门在外
燕子妈妈牵挂着
留在家里的娃娃

悄悄对你说:

所有的妈妈都一样，时时刻刻牵挂着自己的孩子。

奶水河

小狗狗哟
不要哭

天快黑了
妈妈快回来了吧

快看呀
深蓝的天空中
出现了一条
白白的奶水河

悄悄对你说:

当云姐姐们看到小狗狗饿哭了，便聚在一起想办法，这时深蓝的天空中就像出现了一条奶水河。

海滩的石子

海滩边的石子
全都是圆圆的滑滑的

海滩边的石子是飞鱼吗
投进去把波浪切开

海滩边的石子总想唱歌
整天和波浪一起高歌

一个个海滩石
都是可爱的石子

海滩边的石子棒棒的

一个个拥抱着大海

悄悄对你说:

海边的石子非常漂亮，每一个石子都有一个美好的故事。

光线的笼子

我现在呀
是只小鸟哦
在夏天的树影中
光线的笼子里

我被看不见的谁呀
邀请到这里
唱我熟悉的歌儿
我是只可爱的小鸟哦

只要我猛拍一下翅膀
光线的笼子就会破裂

可我不会那样做
我被邀请到笼里来唱歌
我是只善良的小鸟哦

悄悄对你说：

你能猜到，是谁邀请小鸟到光线编织的笼子里唱歌的吗？
是大树、太阳、风儿，还是其他人呢？

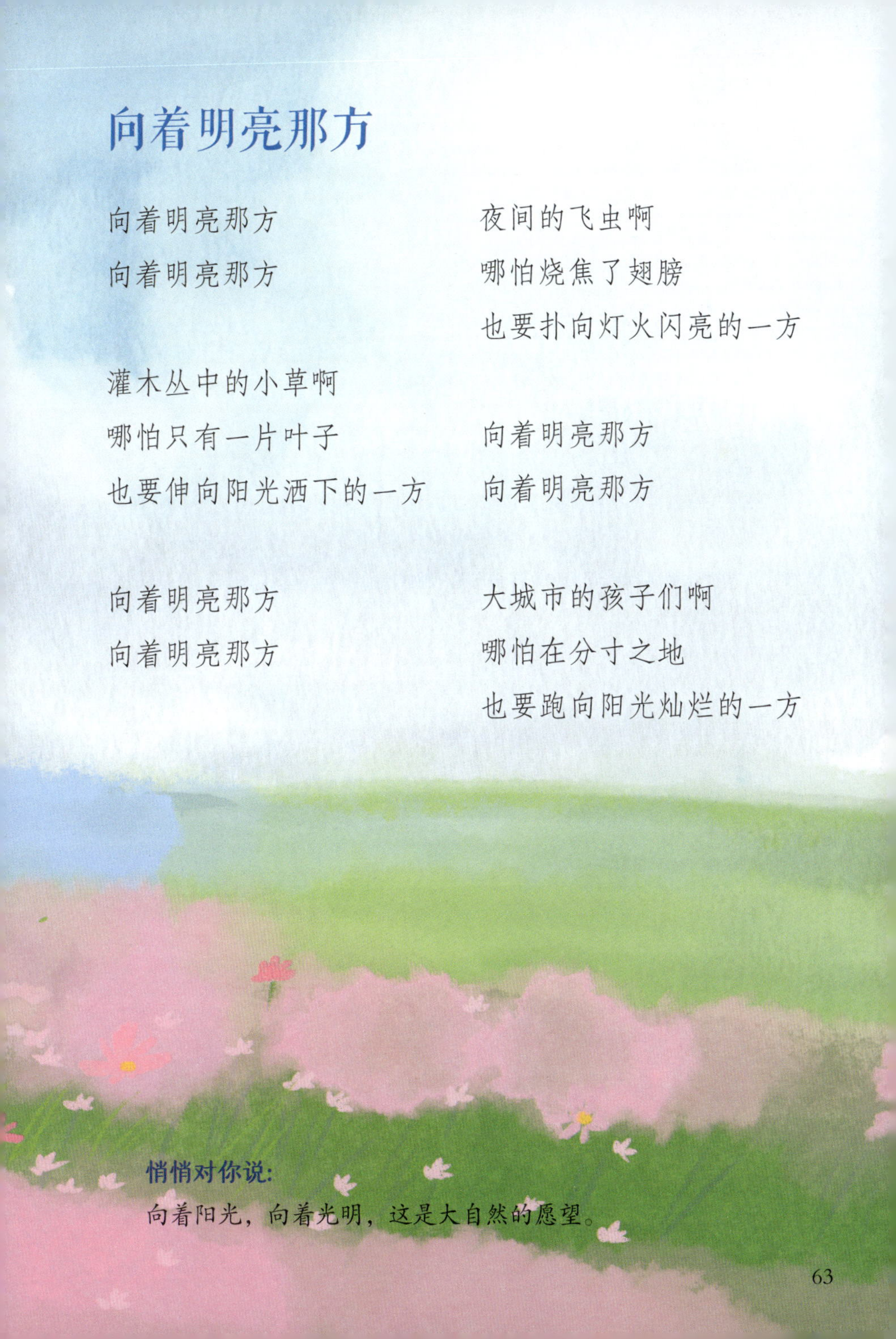

向着明亮那方

向着明亮那方
向着明亮那方

灌木丛中的小草啊
哪怕只有一片叶子
也要伸向阳光洒下的一方

向着明亮那方
向着明亮那方

夜间的飞虫啊
哪怕烧焦了翅膀
也要扑向灯火闪亮的一方

向着明亮那方
向着明亮那方

大城市的孩子们啊
哪怕在分寸之地
也要跑向阳光灿烂的一方

悄悄对你说：

向着阳光，向着光明，这是大自然的愿望。

知了的外套

妈妈
屋后的树荫下
有一件知了的外套

一定是天太热
知了把外套脱了
放在一边
走时又给忘了哟

晚上天一冷
这外套
上哪儿给它送去呀

悄悄对你说：

想着把别人遗失的东西送回去，是心地善良、关心他人的表现。

麻雀妈妈

小孩
抓住了
一只小麻雀

小孩的妈妈
笑出了声

麻雀妈妈
飞到屋顶上
屏住呼吸
看着这一幕

悄悄对你说:

孩子是妈妈的心肝宝贝，小麻雀是麻雀妈妈的心肝宝贝呀。

芒草和太阳

——再高一点儿
——再高一点儿
芒草踮（diǎn）起了脚尖

为给白打碗花遮阳
柔弱的花都晒蔫（niān）了

——再高一点儿
——再高一点儿
太阳还不肯下山

割下的这点儿草啊
远远装不满大箩筐
割草的女孩真可怜

悄悄对你说:

烈日下，连花花草草都想去阴凉处，女孩在阳光下劳作，的确很辛苦。

花匠爷爷

花匠爷爷
在街上卖花
花都卖完了

花匠爷爷
真寂寞啊
种的花都卖完了

花匠爷爷
傍晚时分
孤零零一人回到小屋

花匠爷爷
进入梦乡
梦见花儿露出了笑脸

悄悄对你说:

花匠是美的使者，用勤劳的双手把美好送到家家户户。

大捕获

朝霞红艳艳

船儿满仓鱼

迎来沙丁鱼的大捕获

海滩上

开始了狂欢

大海里

千千万万条沙丁鱼

在悲痛地哀悼（dào）

悄悄对你说：

大捕获是件高兴的事，大家都可以从中得益，可谁会想到海里鱼儿的感受呢？

水和风和孩子

在天和地之间
骨碌碌骨碌碌
转的是谁呀
那是水

在整个世界上
骨碌碌骨碌碌
转的是谁呀
那是风

在柿子树周围
骨碌碌骨碌碌
转的是谁呀
那是爱吃柿子的孩子呀

悄悄对你说:

水和风和孩子是推动世界前进的动力。

荷花和鸡

从泥里
开出荷花
做这事儿的
不是荷花

从蛋里
钻出小鸡
做这事儿的
不是小鸡

这些事
引起我的注意
这事儿和我
没有关系

悄悄对你说：

世界上有许多未知现象，等待我们去探索，去研究，去解决。

大海和海鸥

我想大海是蓝蓝的
我想海鸥是白白的
不过今天我看到
大海呀海鸥呀
都是灰灰的
我想大家知道的
也许是假的

天空是蓝蓝的
雪花是白白的
大家都看在眼里
记在心里
也许这也是假的

悄悄对你说:

世界是不断变化的，人们的认知也在不断改变，一成不变的事情是没有的。

花仙子

听说
花仙子是吃了花
才飞上天的

我也吃了花
桃花苦苦的
又吃了紫云英花

光吃花
吃了这么多
我什么时候能飞上天呀

天色开始暗了下来
家里也亮起了灯
我还是回到家里
吃起了白米饭

悄悄对你说:

看来光吃花也成不了花仙子，肚子饿了，还得回家吃饭呀！

女孩子

一说女孩子呢
就是不爬树的乖孩子

要是骑着竹马玩呢
准是个疯丫头
如果把陀螺（tuó luó）玩得滴溜溜转
更是个大傻妞

我明白这些事
是因为每做一件
都挨了顿骂

悄悄对你说:

现在人们的观念跟以前不一样了，男孩玩的游戏，女孩也一样可以玩。

洗 澡

我最讨厌
和妈妈一起洗澡了
妈妈老是揪（jiū）着我
像刷锅一样使劲搓（cuō）

如果是我一个人洗
我是挺喜欢洗澡的
那可做的事就多了
我最喜欢的是
在水面漂着的木板上
放上肥皂盒、香粉罐
再摆上一溜儿小瓶子
这就开饭啦

摆好金色的餐桌
我像皇帝一样
浸（jìn）泡在盛开白莲红荷
凉丝丝的水池里
享用美味佳肴（yáo）

妈妈早就不允许
我带玩具洗澡
偶尔，邻家树上的花瓣
飘进来变成小船
我的手指就像变戏法一样
一点一点变长
其实呀
我是挺喜欢洗澡的

悄悄对你说：

小时候要妈妈帮着洗澡；长大了当然要自己洗澡啰，一边玩，一边洗，多么快乐。

撒草木灰

帮花匠爷爷
撒竹箩里剩下的草木灰
我可是做好事哦

樱花树，紫玉兰，梨树，李子树
这些树不用撒草木灰
反正到了春天它们都会开花

我只给从来不开红花的
林子里不起眼的树施肥哦

如果能开出绚（xuàn）丽的花朵
这些树将会多开心呀
我也会很开心的

悄悄对你说：

对自然万物怀有怜悯之心，雪中送炭，从小做个有爱心的孩子。

月亮和云朵

天空的原野上
月亮撞见云朵

云朵急匆匆地走
也不避让
月亮也匆匆忙忙
不停脚步

对不起哦
云朵上面
月亮收住脚步说

云朵摸了摸头
也不在乎
鼻子里哼着
没关系
嗨哟
嗨哟

悄悄对你说:

路上相撞了，月亮和云朵表现得都很有礼貌。

寂寞的时候

我寂寞的时候
别人是不知道的

我寂寞的时候
朋友会笑我的

我寂寞的时候
妈妈会很温柔

我寂寞的时候
布娃娃也会寂寞的

悄悄对你说:

你会寂寞吗？寂寞时，你身边的人是怎样对待你的？

吵架以后

只剩下我一个
就我一个人
坐在草席上
冷冷清清的

不能怪我哦
是她先发火的
可是，可是
我觉得心里凉凉的

布娃娃
也独自一个
我抱着布娃娃
还是觉得好孤单

杏花
一片片飘落
我坐在草席上
冷冷清清的

悄悄对你说:

吵架时火气很大，吵架后就觉得冷清，为什么呢?

在水沟旁

我在水沟旁哼着歌
满不在乎地看着水
昨天吵了架
今天不知为什么有点想她

我不由得一笑
仍满不在乎地看着水

笑脸收不住
泪水也止不住了

我嗒（dā）嗒嗒地奔出去
像一块小石子那样
划出了一条线

悄悄对你说：

吵架后的反思，连自己都觉得不好意思呢！

陌生阿姨

我一人在杉树篱笆前张望
陌生阿姨从篱笆外走过
我叫一声阿姨
阿姨像见到熟人似的一笑
我笑了一下
又笑了一下
一下又一下

陌生阿姨
是个好阿姨呢
她消失在开满石榴花的树下

悄悄对你说：

笑是最好的礼貌用语，相逢一笑，一切都变得美好。

草 原

光着脚丫
走在露水盈盈的草原上
脚会染绿的哟
还会沾上草香味儿

走啊，走啊
直到我变成一棵草
我的脸蛋会变成
一朵美丽的花儿
尽情地开放

悄悄对你说:

走进草原，变成一棵小草，绽开一朵花，展露出幸福的笑脸。

紫云英叶子的歌

摘下的花朵
去了哪里

这里天蓝蓝的
云雀唱着歌儿

我不由想起
那快乐的旅伴
已随风儿一起远游

那些寻找花束的
可爱的手中
有没有一只手
把我也摘走

悄悄对你说：

紫云英花去了哪里？一定是去了需要它的地方，一个快乐的地方。叶子也想一直陪伴着花儿呢！

如果我是花儿

如果我是花儿
我一定会做个好孩子

不会说话
不能走路
怎么会是捣蛋鬼呢

不过要是有人说
这朵讨厌的花儿
我会气得马上枯萎（wěi）的

如果我变成了一朵花
我还是变不成好孩子
变不了花儿那样的呀

悄悄对你说:

花儿讨人喜欢，不会调皮捣蛋；小孩子偶尔调皮一下可以，可不能做一个捣蛋鬼哦。

融化的雪

下雪啦
下雪啦

雪花刚落地
就消失不见了
滑腻腻的呢
一地泥泞
下雪啦

哥哥后面
跟着姐姐
姐姐后面
跟着妹妹
一个跟着一个
下雪啦

雪花高兴地
飘洒着
铺成一条泥泞路
下雪啦

悄悄对你说：

下雪了，多高兴啊，泥泞的雪地里充满了欢声笑语。

童心酿造童诗

1923年，金子美铃开始发表童谣作品，至今刚好100年了。然而，那时的她，才刚满20岁，还是小朋友的大姐姐。青春出少作，她的诗歌既古老又年轻，离小朋友既遥远又亲近。

1984年，金子美铃的512首童诗得以出版，虽然离她去世相隔54年，但岁月洗不去她诗作的光芒。她和她那水晶般剔透的童诗，穿透时空，飞遍世界，飞进千千万万孩子的心中，一直受到小读者的喜爱。

金子美铃的童年和贫寒、孤独相伴，但她像墙角的小花一样，顽强地“向着明亮那方”，做一个好孩子。她用文字为我们呈现了世界的一隅，天空、大海、渔村、小镇，是她灵感的源泉、诗歌的土壤。她的笔下流出的是昨日的记忆，是活泼泼的灵动生活。她的童诗让小读者在感动和震撼的同时，获得一种向上、向美的坚韧力量。

诗主情，诗的天职是抒情。金子美铃的诗纯粹、纯朴、本真，始终笼罩着一种融融的温情，这种温情出自她的心灵。金子美铃刚刚走出童年，儿时的生活还在她的心中发酵。她和孩子天然心心相通，她的诗是童心做的，是童心开放的花朵。金子美铃的内心明镜似的清澈、淳朴、本真，

她爱身边的人，身边的事物，“全都喜欢”这个并不完美的世界。

言为心声。金子美铃的童诗语言轻盈、柔软、纯洁，她说：“我是自言自语地把所想的写出来。”自言自语能成为童诗的语言，这种功夫是要经过积累和磨炼的。为了学习儿童的语言，她曾收集女儿房枝的童言稚语300多句，抄录成册。可见，写童诗就像蜂儿采蜜一样，采集孩子的话语，酿造诗意的芬芳。我们读她的短诗《露珠》时，感受到的就是一个孩子对另一个说的话，这种口吻，小读者读起来，听起来，没有距离，没有隔阂，感觉有滋有味。

可贵的是，在这浅浅的文字后面，金子美铃的童诗又有深深的哲思，有人生的领悟。你看《积雪》这首最单纯的小诗，从习以为常的事物中，发现了诗的意象，用三种雪的不同境遇，揭示了多么深刻的内涵，读后回味无穷。

《金子美铃儿童诗精选》三本诗集像绘本一样精美，所选的150首诗歌，贴合现代孩子生活实际、儿童心理；译文生动准确，有诗的韵味；水彩晕染的插画与诗意融为一体，既是在赏诗，也是在赏画。导读文字，给孩子更多的是启发和引导。孩子要读的书，正是这样闪烁着金子光芒的好书。

李少白（著名儿童文学作家、诗人）

2023年9月1日

于长沙

译者简介

陈发根，中国儿童文学研究会会员，上海民间文艺家协会会员，自1987年以来，开始业余翻译日本的童诗、童谣、童话，先后发表在《儿童文学》《小朋友》《娃娃画报》等杂志上。

热爱写作儿童诗，注重童趣、诙谐，儿童诗作品发表在《小朋友》《小溪流》《小学生学习报》《儿童诗》等报刊上。有些儿童诗被翻译成日文，发表在日本儿童文学杂志《小旗》上。

出版童诗集《金色的香雪》《小生命》。出版翻译童诗集《月亮唱的歌》《如果我是花儿》等。

图书在版编目（CIP）数据

金子美铃儿童诗精选 /（日）金子美铃著 ；陈发根译．
— 北京 ：东方出版社，2024.3
ISBN 978-7-5207-3765-4

Ⅰ．①金… Ⅱ．①金… ②陈… Ⅲ．①儿童诗歌—诗集—日本—现代 Ⅳ．① I313.82

中国国家版本馆 CIP 数据核字（2023）第 214904 号

扫码收听本书童诗音频
演播者：吴梓姐姐

向着明亮那方（XIANG ZHE MINGLIANG NAFANG）

[日]金子美铃 / 著　陈发根 / 译　林田 / 绘

策　　划：	杨朝霞	版　　次：	2024 年 3 月第 1 版
责任编辑：	杨朝霞	印　　次：	2024 年 3 月北京第 1 次印刷
装帧设计：	飞鸟书装	开　　本：	880 毫米 ×1230 毫米 1/32
出　　版：	東方出版社	印　　张：	3.375
发　　行：	人民东方出版传媒有限公司	字　　数：	90 千字
地　　址：	北京市东城区朝阳门内大街 166 号	书　　号：	ISBN 978-7-5207-3765-4
邮政编码：	100010	定　　价：	114.00 元（全 3 册）
印　　刷：	北京尚唐印刷包装有限公司	发行电话：	（010）85924663 85924644 85924641

版权所有，违者必究
如有印装质量问题，请拨打电话：（010）85924602

金子美铃

儿童诗精选

彩绘·有声·导读版

夕阳的金发

[日] 金子美铃 / 著　陈发根 / 译　林 田 / 绘

人民东方出版传媒
People's Oriental Publishing & Media
東方出版社
The Oriental Press

目录

春天的梦

夏天的风

春天的织布机

咔嚓，咔嚓，咔嚓
咔嚓，咔嚓，咔嚓

很久很久以前
天上的织女
借着明媚的春光
开动了织布机

绿丝线织成了麦苗
黄丝线织成了油菜花
红丝线织成了紫云英
白丝线织成了云彩
哎呀
五种丝线只剩下蓝丝线了

悄悄对你说:

春天的织布机织出的布多漂亮啊！那是织女用自己的思念织成的。

咔嚓，咔嚓，咔嚓
咔嚓，咔嚓，咔嚓
天上的织女
把蓝丝线
织成了蓝蓝的天

山茶花

双手捂脸
突然一放
哞（mōu）——
谁在逗着玩呢

双手捂脸
突然一放
哞——
一直这样逗着

屋后
风儿吹拂的山茶花

原来
它是在逗泪汪汪的天空

悄悄对你说：

双手捂脸，突然一放，叫一声“哞——”，花儿在逗天空笑呢！

杜鹃花

一个人
来到小山上
吸着杜鹃花蜜

到处绿绿的
春光明媚的天空
我是不是一只小小的蚂蚁

吸着杜鹃花
甜甜的蜜汁
我是不是一只黑黑的蚂蚁

悄悄对你说：

在漫山遍野开着鲜花的山上，蜜蜂、蝴蝶、蚂蚁和孩子都是快乐的小不点。吸着甜甜的杜鹃花蜜，孩子就是一只快活的小蚂蚁。

花的名字

虽然书中
有许许多多花的名字
我却不认识它们

在城里看到的
尽是人呀车呀
在海里看到的
尽是船呀浪呀
码头上冷冷清清
一朵花也没有

花店的花架上
摆满了四季的鲜花
我却叫不出它们的名字

问妈妈
妈妈也住在城里
一点儿也不知道
我总是很失望

我把一躺下就闭眼睛的布娃娃呀
书本呀皮球呀全都扔掉
我想走出去
到广阔的田野里奔跑
认识各种各样的花儿
和它们交个好朋友

悄悄对你说:

田野里不仅有许多美丽的花儿，还有好多好多有趣的东西等你去发现。

我的故乡

妈妈的故乡
在高山那边
桃花盛开的村庄

悄悄对你说：

无论我们在哪里，故乡总是牵挂在心头，你的故乡在哪里呢？

姐姐的故乡
在大海那边
海鸥成群的小岛

我的故乡
谁知道在哪儿呢
一定在哪个遥远的地方

邮递员叔叔

红红的自行车
行驶在路上
两旁麦田绿油油

红红的自行车
黑衣邮递员
骑在上面

静静的村庄
他要去哪一家呀
送去什么好消息

麦田间的路上
红红的自行车
匆匆向前

悄悄对你说:

黑色的制服，红色的自行车，青青的麦苗，送去一封家信，亮出一道风景。小朋友，你知道吗？世界各国用不同的颜色代表邮政的标志，比如，日本和英国都是红色，法国是黄色，中国是绿色。

鱼儿的春天

嫩嫩的海藻
爆出了新芽
把水也染绿了

春光明媚
鱼儿一边游
一边四下张望
到处明晃晃的

飞鱼爷爷“刺啦”一声
亮出一道弧线

在嫩嫩海藻的阴影里
鱼孩子们在一起
逃呀
追呀

悄悄对你说：

春天是孩子们的世界，鱼儿跟孩子们一样喜欢玩游戏，游来游去，追来追去。

松树林

松树林里的树
越来越稀

运原木的爷爷
拉呀推呀
把倒下的大树运走
一次又一次

白帆驶近了又远去
海鸥在浪花里穿行
云雀在蓝天呼唤

春天又来到天空、海上
松树目送远去的原木
默默地一声叹息

这里那里
到处建起了新房
松树林里的树
越来越稀

悄悄对你说:

保护生态环境和城市建设，要靠我们大家的努力去实现。

王子山

为建公园
移植来的樱花树
都已干枯

砍掉的杂木树
全蹿出了新芽儿

树与树之间
透出银闪闪的大海
我居住的小镇
坐落在其中
犹如龙宫浮出了水面

银亮亮的瓦片和石墙
时隐时现
犹如进入了梦乡

从王子山上眺（tiào）望小镇
我深深喜欢上了它

这里没有沙丁鱼干的气味
飘来的全是
嫩芽溢出的香气

悄悄对你说：

保护好自然环境，就是保护自己的家园，青山绿水多么美好啊！

水井旁

妈妈在洗衣服
我朝水盆里一瞧
肥皂泡里有许许多多
小小的天空闪着光
小小的我在张望

变得这么小
变得这么多
我是不是施了魔法

做点什么来玩玩吧
水桶绳上有只蜜蜂
我也来变只蜜蜂玩

呼的一下，我不见了
妈妈，你别担心我啊
我只在这里的上空飞

我的翅膀一触碰到
这么蓝这么蓝的天
哇，那该多么舒畅

飞累了
我就停在石竹花上
吸着花蜜
听花儿讲故事

悄悄对你说：

肥皂泡映出了天空，也映出了一颗快乐的童心。
童年是快乐的，就像飘荡在空中的歌声。

真变成了小蜜蜂
听到没听过的故事
我要一直听到天黑

总感到我变成了蜜蜂
总感到我飞上了天空
我好高兴啊

星星糖的梦

星星糖
进入梦乡

在春天的乡下
糖果店的玻璃瓶里
做起了梦

梦见自己
划着玻璃船
越过大海
飞到广阔的天空
变成一颗
亮亮的星星

悄悄对你说：

星星糖的梦想是变成一颗亮晶晶的星星，闪耀在天空，这个梦很美很美。

深夜的天空

人和草木睡着时
夜空好忙啊

星星们各自背着
美丽的梦
送到大家的床头

闪闪烁烁的夜空
你来我往

露水公主
催促银色的马车疾行
她要在天亮前
把露珠一个不漏地
送给阳台上的鲜花
送给大山深处的竹叶

花儿和孩子睡着时
夜空好忙啊

悄悄对你说：

晚上，当我们进入甜美的梦乡，静静的夜空也睡着了吗？

白天和夜晚

白天的后面
是夜晚
夜晚的后面
是白天

在哪里能看到
白天和夜晚呢

就像一根长长的绳子
我在这一端
它们在那一端

悄悄对你说：

白天和黑夜连成一根长长的绳子，现在你站在哪一端呢？

长长的梦

今天昨天都在梦里
去年前年都在梦里
突然睁开眼睛
我又变回可爱的两岁小娃娃
寻找着妈妈的乳头

如果真是这样
真是这样的话
我该多高兴啊
感谢这个长长的梦
这次我要做一个乖小孩

悄悄对你说:

如果能回到小时候，你会做个听话的乖孩子吗?

我

无论什么地方
都有我的身影
除了我，还是我

大街商店的橱（chú）窗里
回家路上的钟表里
厨房的水盆里
雨天的路上
到处都有我的身影

可为什么，无论什么时候
在天空中看不到我呢

悄悄对你说：

在镜子里，在有水的地方，都可以看到自己，但是在空中看不见自己。你知道这是为什么吗？

夏天

夏天
夜里是夜猫子
白天是懒惰（duò）虫

晚上我睡着了
夏天还不想睡
早上我催牵牛花起床
夏天还赖着不起来

我一出门
夏天化为一阵风
一阵凉凉的
凉凉的轻风

悄悄对你说:

夏天的白天，人懒洋洋的；夏天的夜晚，是小孩子的快乐时光。

牵牛花

蓝牵牛花朝那边开放
白牵牛花朝这边开放

一只蜜蜂
陪着两朵花
一轮太阳
照着两朵花

蓝牵牛花朝那边凋零
白牵牛花朝这边凋零

一天结束了
好啦
明天见

悄悄对你说：

蓝牵牛花和白牵牛花度过了美好的一天，明天它们还会再见吗？

千屈菜

河边的千屈菜
谁也不在意的花儿

河水哗哗地
流向遥远的大海

无边无际的大海里
有一滴很小很小的水珠
时刻惦（diàn）记着
谁也不在意的千屈菜

它就是
寂寞的千屈菜
开出的花朵上
滴下的露珠

悄悄对你说:

谁会来关心河边寂寞的千屈菜？小小的露珠，没有忘记哺育它成长的母亲。

道别

妈妈，妈妈
等一等
我很忙很忙

马厩（jiù）里的马呀
鸡棚里的母鸡和小鸡
都等着我去说再见呢

如果能遇上砍柴的老爷爷
我还想上山去

妈妈，妈妈
等一等
还有件事差点忘了

悄悄对你说:

当离开家乡时，依依惜别的心情总是油然而生。

回到城里的话
就看不到路边带露的小草
和凤仙花
再看一遍一朵朵花的笑脸
我好牢牢地记在心里

妈妈，妈妈
等一等

猜呀猜

猜猜看，猜猜看
有很多很多
取也取不完
那是什么
那是蓝蓝的大海里蓝蓝的水
把它捧在手里却不是蓝色的

猜猜看，猜猜看
看也看不到
捉也捉不住
那是什么
那是夏日里微微的风
扇子能捉住它

悄悄对你说:

海水是取之不尽的，扇子能驱赶风，你还知道哪些谜语呢?

日月贝

西边的天空
一片橘红
红红的太阳
钻入海中

东边的天空
布满了珍珠色
那儿有一轮
圆圆的黄黄的月亮

黄昏时的太阳
和黎明时的月亮
在深深的海底相逢

有一天
渔夫捡到了一枚
深红带着浅黄的
日月贝

悄悄对你说：

日月贝红黄相间，红的代表太阳，黄的代表月亮，美极了。

贝壳和月亮

白丝线
浸在染缸里
染成了蓝色

可白贝壳呢
泡在蓝色的大海里
怎么还是白的

白云
从晚霞中飘来
变成了红色

可白月亮呢
被深蓝的夜空包裹
怎么还是白的

悄悄对你说:

认真细致的观察和丰富的想象力，会让你更好地认识大千世界的神奇变化。

夕阳的金发

沉下去啦
沉下去啦
又红又大
圆圆的夕阳

闪着光辉
闪着光辉呢
看哟
夕阳披散着
亮亮的金发

织呀织，织呀织
红红的夕阳
用金色的丝线
织起了晨光里的叶子

悄悄对你说：

清晨，如果你逆着光看阳光下的叶片，会发现叶脉清晰地凸显出来，像太阳用金丝线织成的。

大海的孩子

我看到啦
大海的孩子
它在大岩石上面
我也看到了
海瓜子的孩子
它在大海的孩子的怀里
大海的孩子好可爱呢
海瓜子的孩子也好可爱呢

悄悄对你说：

海浪、海瓜子，它们都是大海的孩子。
你知道大海还有哪些孩子呢？

云娃娃

风娃娃的身边
总有波浪娃娃跟着玩

波浪大人的身边
总有风大人陪伴

在天空旅行的云娃娃
怪可怜的
老是被风大人追赶着
喘着气
呼哧呼哧地奔跑

悄悄对你说:

小孩子喜欢和小孩子一起玩耍，小孩子跟大人旅行，总会被大人催着走。

海 浪

海浪是疯孩子
手拉手大笑着
齐刷刷奔来

海浪是橡皮擦
沙滩上的字呀画呀
统统抹掉了

海浪是士兵
一排排冲向岸边
“砰砰砰”射出子弹

海浪是糊涂虫
把这么美丽的贝壳
忘在海滩上

悄悄对你说:

海浪真是个魔术师，有七十二般变化。在你的眼里，海浪是什么呢?

小青蛙

淘气包
淘气包
谁都这么说

天不下雨
小草说
小青蛙呀你偷懒
我们知道你没有唤雨

下雨了
孩子们又说
你这青蛙小鬼
一叫就下雨

小青蛙不理睬
气呼呼地叫嚷
下雨，下雨
叫着叫着
天放晴了
天上挂起了彩虹

悄悄对你说：

一个要下雨，一个不要下雨，小青蛙该怎么办呢？

沿着这条路走

这条路的前方
是茂密的森林
孤零零的朴树
沿着这条路走吧

这条路的前方
是繁华的都市
寂寞的稻草人
沿着这条路走吧

这条路的前方
是浩瀚的大海
荷塘里的青蛙
沿着这条路走吧

这条路的前方
要什么有什么
大伙儿快走吧
沿着这条路走吧

悄悄对你说:

前方繁花似锦，前方自由幸福，
让我们沿着这条大道奋勇向前。

蓝蓝的天空

亮晶晶的
蓝蓝的天空
多像波浪翻滚的大海呀

我真想飞身一跃
痛痛快快地游到尽兴
再一个猛子钻出来
带着雪白雪白的泡沫
融化在白云里

悄悄对你说：

蓝蓝的天上，白云飘飘，在那里翱（áo）翔，一定很有趣。

翠绿的小岛

这个小岛太可爱了
放在这里太可惜了
我来系上绳子
把它拖走吧
有一天
一位北方来的船夫
笑着对我说

胡说，胡说
发觉天都黑了
我还想着这事

清晨
心还在怦（pēng）怦直跳
我撒开腿直奔海边

小岛浮在波浪上
被金色的光芒包裹着
一片翠绿
和原来一样

悄悄对你说：

大自然美丽的风景，赏心悦目，带给我们无限美好，我们要爱护它。

眼 睛

我们的眼睛
是魔法的坛子哟

橘树呀篱笆墙呀
街道呀
马车呀马呀马车夫呀
旁边的田地呀
泡桐树呀
远方绿色的大山呀
还有空中的云彩呀
都变得很小很小
全装进坛子里

黑黑的眼睛
真是只魔法的坛子

悄悄对你说:

小小的眼睛，能容得下广阔的天地；
小小的眼睛，能看透人间百态。

栗 子

栗子，栗子
你什么时候掉下来

我想要一颗
剥开来吃

没有掉落的栗子
被摘下来的话
栗子树要生气的

栗子，栗子
快掉下来吧

我老老实实地
等着你

悄悄对你说:

想吃栗子，就要耐心等待哦，摘了没成熟的栗子，栗子树可要生气的。

花的使者

白菊花，黄菊花
雪花般的白菊花
月亮般的黄菊花

无论谁都会看
看着我，看着花
菊花很漂亮
我捧着菊花
所以我也很漂亮

悄悄对你说：

给大婶送去一束花，送去一声问候，
带来一份美丽心情。

大婶的家很远
秋天风和日丽
天气真好
做花的使者
心情真好

桂花灯

当房间里点亮灯时
玻璃窗外的桂花树
也点亮了树上的灯

夜深了，大家都进入梦乡
叶片们围着那些灯
一起说说笑笑
一起唱着歌儿

这和我们一样
是晚饭后要做的事情

关上窗户
快快睡觉吧
大家起床后
叶片们就不能讲话了

悄悄对你说:

桂花树金黄色的花亮亮的，像一盏盏灯，闪着金光，很温馨。

石榴

树下的孩子说
石榴，石榴
熟了给我好吗

树上的乌鸦说
别说傻话啦
应该先给我

红红的石榴
低下头
一声也不响

悄悄对你说:

石榴熟了，裂开嘴巴笑了，它知道自己要去哪里。

星星和蒲公英

蓝蓝的天空深处
星星像海里的小石子一样
一直沉没到夜晚
白天看不见星星
虽然看不见却在那里
即使看不见也还在那里

凋（diāo）零的蒲公英
默默地待在瓦缝中
直到春天降临
看不到它强劲的根须
虽然看不见却在那里
即使看不见也还在那里

悄悄对你说：

有许多东西，我们虽然无法看到，但它们的的确确存在。这说明我们的眼睛只能看到表面，不能穿透到内在的深处。

数 数

天空有两朵云
路上有五个人

从家到学校的路上
有五百六十七条腿
还有九根电线杆

我的百宝箱里
有二百三十颗雨花石
七颗已被我丢掉了

夜空中的小星星
数到一千三百五十颗了
还没数完就忘了数

我最喜欢数数了
不管什么东西
都要数一数

悄悄对你说:

看到什么就数什么,真是有心人。你会像她一样数数吗?

算一算

朝霞里
一只红草鞋
在飞

从后院
飞起来又落下
红草鞋要飞几次
才能飞出大门呢

朝霞里

一只红草鞋

在飞

要飞几次

才能飞到云朵里

悄悄对你说：

扔鞋子，很有趣哦，你想把鞋子扔到白云上面去吗？

玩折纸

红红的
四四方方的
彩色纸哟
用它来做手工吧

我的十根指尖上
首先出来个老和尚

一眨眼就变成了
大头鱼的尾巴
看呀，看呀
还在啪啪地摆动哟

大头鱼浮出了水面
变成一只带帆的船
扬帆的小船要去哪里

帆落下来
成了双体船
到了世界的尽头
还是并排在一起

再变的话
变成了大风车
猛吹一口气
转吧转吧

还要变只小狐狸
哇呜，哇呜叫着
这次要变什么呢

又变成了纸片
原先的四方彩色纸

多神奇的纸呀
多奇妙的手工呀

悄悄对你说:

玩折纸是一项既动脑又动手的手工制作，它会放飞你的想象哦！

竹蜻蜓

呼呼呼
呼呼呼
竹蜻蜓
飞高点
再高一点

飞得比二楼还高
飞得比杉树还高
飞得比大山还高

我削好的竹蜻蜓
替我飞上天

呼呼呼
呼呼呼
竹蜻蜓
飞高点
再高一点

比山上的炊烟还高
比云雀的歌声还高
穿过透亮的天空

一定不要忘记哦
降落到这儿的小路上

悄悄对你说:

你玩过竹蜻蜓吗？这可是自己做的“无人机”哦！自己做的竹蜻蜓，都希望飞得高点，再高点。

魔术棒

给我一根魔术棒
我会变出什么来呢

变出糕点，水果，甜豆子
变出和姐姐一样的手表

变出会唱歌的白鹦鹉
还是变出戴红帽子的小人儿
天天看他跳舞

错啦
我比这更想要的是
像童话中的小矮人
一下子长高
变成个大人
那该多高兴

悄悄对你说：

如果你手里有一根魔术棒，想让它变出什么呢？

月亮

清晨的月亮
背靠着大山
笼子里的白鹦鹉
睁开惺忪（xīng sōng）的睡眼
哎呀，你好呀
我的朋友

白天的月亮
躲在水塘里
戴草帽的小孩
提着钓鱼竿
站在岸边
眼睛一眨也不眨
好美哟
能钓到吗
月亮会上钩吗

黄昏的月亮
躲在枝梢间
红嘴儿小鸟
眼睛滴溜溜一转
哈！熟透了
让我啄一口吧

悄悄对你说：

月亮在天上恰好看到了这一幕幕温馨的画面。

月亮和姐姐

我走
月亮也走
真是个好月亮

每晚不忘来到天空
更是个好月亮

我笑嘻嘻
姐姐也笑嘻嘻
我的好姐姐

总是没事儿
陪我玩的话
更是个好姐姐

悄悄对你说：

有个好姐姐，关心你，爱护你，陪你玩，就像心中升起一轮明月，多么幸福啊！

谁做的

小鸟
用干草做窝
那么干草是谁做的

我呢
用沙子堆城堡
那么沙子是谁做的

石匠
用石块做雕塑
那么石块是谁做的

悄悄对你说:

小朋友，这些关于大自然的一个个有趣的问题，你都知道答案吗?

白帽子

白白的帽子
暖暖的帽子
可惜了这顶帽子

不过，算啦
丢失的东西
就丢失了

悄悄对你说:

帽子掉了，仍希望帽子会给他人带来温暖，哪怕是一只小鸟。

可是，帽子啊
我有个心愿
千万不要掉到水沟里
要刚好挂在
哪棵大树高高的枝杈（chà）上
给像我一样笨手笨脚的
可怜的鸟儿
搭一个暖暖的舒适的窝吧

白白的帽子
毛线织的帽子

小 牛

一节，二节，三节，四节
在道口
大家数着货物列车
五节，六节，七节，八节

第八节车厢里装的是小牛
要运到哪里去呀
小牛一点儿也不知道

冷冷的晚风吹过道口
大家目送着这趟列车
牛妈妈不在身边
晚上小牛怎么睡觉呢

卖掉的小牛
要运到哪里去呢
它们真的要被运走吗

悄悄对你说:

小牛要去远方，它们会想妈妈吗？牛妈妈一定会想念小牛的。

没有家的鱼儿

小鸟在树上筑窝
兔子在山里挖洞居住
牛儿住在草棚里
蜗牛背着小屋子
大伙儿都有一个家
夜晚睡得舒舒服服

悄悄对你说：

鱼儿没有家，好可怜，你会给鱼儿建一个温暖的家吗？

可鱼儿有什么呢
没有挖洞的手
没有坚硬的外壳
不能像人一样搭间小屋
没有家的鱼儿呀
在潮水哗哗的寒夜
只好整夜游啊游

羽绒被

暖暖的羽绒被
送给谁呢
送给门口的黑狗吧

黑狗说
送给后山的一棵松树吧
它独自站在风口中

松树说
送给睡在荒野里的枯草吧
它还裹着厚厚的白霜

枯草说
送给池边睡觉的野鸭子吧
它正钻在冰窝里

野鸭子说
送给雪天中的星星吧
它整夜都在发抖

暖暖的羽绒被
送给谁呀
还是由我盖着
进入了梦乡

悄悄对你说:

羽绒被最终没有给黑狗呀松树呀枯草呀野鸭子呀，但是它们的谦让精神比羽绒被更暖和。

问 雪

雪落到海里
变成了海

雪降到街上
化成了泥

雪下到山坡
依旧是雪

飘在空中的雪呀
你喜欢去哪里

悄悄对你说:

雪有不同的归途，人也有不同的选择，每个人都会有自己的选择。

再见

再见，下船的孩子对大海说
再见，上船的孩子对高山说
再见，轮船对栈（zhàn）桥说
再见，栈桥对轮船说
再见，钟声对铜钟说
再见，炊烟对小镇说
再见，小镇对白天说
再见，夕阳对天空说
我也这样说声“再见”
对今天的我
说一声“再见”

悄悄对你说:

“再见”一词，有时，我们一天会说上好几遍。
再见，有时是悲伤的，有时是喜悦的。

译后记

在一首首诗中相遇

一鼓作气，翻译完金子美铃的儿童诗，一盏盏星星点点的灯光已在我心头闪射，一滴滴亮晶晶的雨水落到心底的池塘里，泛起一圈圈涟漪（lián yī）。我仿佛回到了小时候，想起了童年那些美好的时光。

金子美铃的儿童诗，有的像一朵绽开笑脸的山茶花，逗着掉泪的天空；有的像一滴晶莹剔透的露珠，闪射着爱的光芒；有的像一枚美丽的日月贝，镶上了金色的日光，镶上了银色的月光；有的像一朵不起眼的葫芦花，一寸一寸地向着阳光爬去；有的像看不见的星星，虽然看不见，可的的确确存在。

金子美铃的儿童诗，让顽石像懒汉一样暴露在阳光下；又像开满星星点点花儿的紫云英，在云雀的欢乐歌声中，被翻入黑黑的泥土中，肥沃了庄稼。她的儿童诗充满了爱心，同情弱者，乐于助人，可贵的是雪中送炭，把关爱留给更需要帮助的人。

金子美铃的儿童诗，像一盏盏桂花灯，闪着金色的光芒，孩子们在灯下笑呀唱呀，说个没完。

金子美铃的儿童诗，看起来幼稚可笑，却有深沉的思想性。从不调皮捣蛋的鱼儿，被捕获，岸上的人高高兴兴，海里的鱼却悲悲戚戚，谁的错呢？看似很好笑的提问，隐藏着无比深奥的哲理。

金子美铃的儿童诗，注入了可爱的童心和趣味，运用了儿童的语言，儿童的心理，用儿童的视角去写儿童诗，我想一定能引起小朋友们的共鸣。

由于中日两国的语言不同，风俗习惯不同，在翻译时，我做了个别的修改，比如日本的一些花名，中国的儿童不认识，我就译为大家知道的凤仙花；寂寞的佛像，我改为寂寞的布娃娃，不露声色地替换，尽量不偏离原意。

其实，中日两国的文化还是有很多相同之处，日本孩子的游戏和中国儿童的游戏大同小异，如躲猫猫呀，造房子呀，捉强盗呀。我想：大人们看了也会回到快乐的童年。

希望小朋友们读完这些儿童诗后，能像诗中的金子美铃一样，对读过的每一首儿童诗做个道别，再仔细看一眼，把这些诗牢牢地记在心里。

最后，我还要向我的表弟方明致以衷心的感谢，是他在百忙之中，在日本买到了 JULA 出版局的《金子美铃童谣全集》，并以最快的速度送到我手里。

译者陈发根
2023 年 3 月 29 日
于上海

译者简介

陈发根，中国儿童文学研究会会员，上海民间文艺家协会会员，自1987年以来，开始业余翻译日本的童诗、童谣、童话，先后发表在《儿童文学》《小朋友》《娃娃画报》等杂志上。

热爱写作儿童诗，注重童趣、诙谐，儿童诗作品发表在《小朋友》《小溪流》《小学生学习报》《儿童诗》等报刊上。有些儿童诗被翻译成日文，发表在日本儿童文学杂志《小旗》上。

出版童诗集《金色的香雪》《小生命》。出版翻译童诗集《月亮唱的歌》《如果我是花儿》等。

图书在版编目（CIP）数据

金子美铃儿童诗精选 /（日）金子美铃著 ；陈发根译．
一北京 ：东方出版社，2024.3
ISBN 978-7-5207-3765-4

Ⅰ．①金… Ⅱ．①金… ②陈… Ⅲ．①儿童诗歌一诗集一日本一现代 Ⅳ．① I313.82

中国国家版本馆 CIP 数据核字（2023）第 214904 号

扫码收听本书童诗音频
演播者：吴桦姐姐

夕阳的金发（XIYANG DE JINFA）

[日]金子美铃/著 陈发根/译 林田/绘

策　　划：杨朝霞
责任编辑：杨朝霞
装帧设计：飞鸟书装
出　　版：东方出版社
发　　行：人民东方出版传媒有限公司
地　　址：北京市东城区朝阳门内大街 166 号
邮政编码：100010
印　　刷：北京尚唐印刷包装有限公司
版　　次：2024 年 3 月第 1 版
印　　次：2024 年 3 月北京第 1 次印刷
开　　本：880 毫米 ×1230 毫米 1/32
印　　张：3.375
字　　数：90 千字
书　　号：ISBN 978-7-5207-3765-4
定　　价：114.00 元（全 3 册）
发行电话：（010）85924663 85924644 85924641

版权所有，违者必究
如有印装质量问题，请拨打电话：（010）85924602